DE L'UTILITÉ

DES BAINS

CONSIDÉRÉS

SOUS LE RAPPORT DE L'HYGIÈNE

MÉMOIRE

OFFERT A SON ALTESSE

MOHAMMED-EL-SADOK

BEY DE TUNIS.

Sales in aquâ.

PARIS

IMPRIMERIE DIVRY ET Cⁱᵉ

RUE NOTRE-DAME DES CHAMPS, 49.

1867

DE L'UTILITÉ

DES BAINS

CONSIDÉRÉS

SOUS LE RAPPORT DE L'HYGIÈNE

MÉMOIRE

OFFERT A SON ALTESSE

MOHAMMED—EL—SADOK

BEY DE TUNIS.

Salus in aquâ.

PARIS

IMPRIMERIE DIVRY ET Cᵉ

RUE NOTRE-DAME DES CHAMPS, 49.

1867

ALTESSE,

Depuis votre avénement à la régence de Tunis,
je n'ai cessé d'admirer la sagesse de votre gouvernement et l'impulsion progressive que vous avez
donnée au commerce, à l'industrie, aux lettres, aux
sciences et aux arts.

J'ai admiré surtout en vous cette patience et cette
ténacité que possèdent les grands princes, qui
ont à cœur d'accomplir en tout point le mandat
que les sujets leur ont donné.

J'ai admiré en vous, ALTESSE, l'abandon momen-
tané que vous avez fait de votre autorité, pour
n'écouter que la voix du progrès et de l'amour du
peuple. Vous avez accepté toutes les réformes qui
pouvaient modifier l'état moral ou physique d'un
peuple qui vous est soumis.

«Vous avez aujourd'hui une armée disciplinée, un commerce qui s'étend de plus en plus; grâce à votre sollicitude, l'industrie a pris une telle extension dans un si court espace de temps, que les peuples voisins n'ont pu faire moins que d'admirer votre gouvernement d'abord, et chercher à vous imiter ensuite. Vous avez su mériter la confiance illimitée de votre auguste allié Napoléon III; aussi votre commerce a-t-il grandi, et vos projets ont-ils été accueillis avec empressement et surtout avec confiance.

Dans l'intérieur de Tunis la tranquillité est parfaite, aussi les sciences et les arts ont pu prendre un développement considérable et prospère.

Les savants et les travailleurs de tous les pays ont été accueillis par vous avec encouragement et avec une amabilité digne d'un tel prince.

Un grand nombre de Français ont su mériter, de votre magnanimité, des récompenses qui les honorent.

Altesse, quand j'ai pensé à votre grandeur d'âme, je n'ai point hésité à mon tour à vous offrir, en témoignage d'admiration de votre noble personne et de vos grandes qualités, un opuscule qui, à mes yeux, a un intérêt réel.»

Dans ce travail très-restreint d'ailleurs, j'ai voulu démontrer l'utilité des bains, sous le rapport de l'hygiène; j'ai voulu mettre sous les yeux de mes lecteurs les coutumes et les usages des différents peuples de l'Europe, qui ont toujours eu en honneur de mettre en pratique l'usage des bains pour entretenir la propreté et la souplesse du corps

Le peuple de l'Orient surtout occupe le premier rang parmi ces différents peuples, et l'on connaîtra davantage, aujourd'hui, je l'espère, les motifs qui ont poussé leur chef à introduire chez eux cette admirable coutume.

J'ai pensé dès lors, ALTESSE, que la lecture de mon mémoire pourrait avoir quelque intérêt pour vous.

Je le dépose en vos mains avec la confiance que mes intentions feront pardonner son insuffisance, et je déclare, ALTESSE, que vous pouvez l'accueillir comme un témoignage sincère de la profonde vénération et de l'entier dévouement

De votre très-humble serviteur,

Louis GODEFROY.

chimiste.

Décembre 1866.

DE

L'UTILITÉ DES BAINS

CONSIDÉRÉS

SOUS LE RAPPORT DE L'HYGIÈNE.

I

Origine des bains. — Bains des Turcs. — Bains des Indiens. —
Bains des Égyptiens. — Bains des Russes et des Finlandais. —
Des bains considérés sous le rapport de l'hygiène. — Effets des
bains d'eau. — Des bains de mer. — Des bains de vapeurs, ou
étuves sèches et humides.

L'homme de la nature, de même que l'homme civilisé,
ont été nécessairement, dès le berceau, conduits par le
besoin, ce stimulant impérieux et bienfaisant qui a toujours commandé aux hommes, à chercher et à choisir
parmi les objets qui les environnent ceux qui leur étaient
le plus agréables ; de là, sans doute, l'origine des bains
qui leur ont été si naturellement indiqués pour entretenir la propreté et la souplesse de leur corps, pour les
rafraîchir lorsqu'ils seraient échauffés, et enfin pour les
délasser de leur fatigue.

L'illustre Bichat, ce grand observateur qui vivait au commencement de ce siècle, a écrit quelque part :

« Le bain est une chose vraiment naturelle ;

« Tous les quadrupèdes se baignent ; tous les oiseaux se plongent fréquemment dans l'eau ; je ne parle pas de ceux dont ce fluide est, pour ainsi dire, l'élément. C'est une loi imposée à toutes les espèces dont la peau rejette beaucoup de substances au-dehors. Toutes les races humaines observées jusqu'ici se plongent fréquemment dans les fleuves, les rivières ou les lacs le long desquels elles font leur séjour. Les pays que beaucoup d'eau arrose sont ceux que les animaux habitent fréquemment ; ils fuient ceux où ce fluide manque, où même il n'est qu'en quantité suffisante pour leur boisson. Nous dénaturons tout dans la société ; dans la nôtre, des classes nombreuses n'usent presque jamais de bains ; aussi cherchez surtout dans ces classes-là les maladies cutanées, etc... »

Les descriptions plus ou moins détaillées que l'on trouve dans les histoires, même les plus anciennes, font voir combien il serait difficile et même impossible d'en déterminer l'origine.

Les peuples sauvages que nous connaissons se baignent dans les fleuves et les mers qui les avoisinent. Nous devons donc juger, par analogie, que ceux qui se sont baignés les premiers en ont fait autant, et que ce n'est que dans la suite que les commodités de la vie, le luxe et la volupté industrieuse firent construire des bains publics où ils pussent se baigner plus facilement et se procurer de l'eau à un degré de chaleur convenable.

Telle est sans doute, en peu de mots, l'origine des bains, qui jouirent par la suite de tant de célébrité chez les anciens. Ils furent en usage longtemps avant les beaux-arts de la Grèce. Déjà Moïse en avait fait un précepte de religion, sachant très-bien que sans ce moyen il ne pourrait obtenir de son peuple la propreté, qu'il savait être nécessaire à la conservation de la santé.

Mais les Grecs, ce peuple créateur des sciences et des beaux-arts, sont les premiers qui aient eu des bains publics, et qui en aient tiré le plus d'avantages. Il en était déjà question dans les temps fabuleux de leur histoire ; cependant quelques historiens ont avancé que l'invention des bains chauds appartenait aux Lacédémoniens. Ils ont cherché à étayer cette assertion en se fondant sur le nom *Laconici*, donné à quelques bains romains ; mais il paraît plus vraisemblable que cette invention existait avant la fondation de Lacédémone. Homère fait ainsi parler Ulysse, racontant ses aventures dans le palais magique de Circé : « Une nymphe apporta de l'eau, alluma du feu et y disposa tout pour le bain ; j'y entrai quand tout fut prêt, on versa de l'eau chaude sur ma tête, sur mes épaules, on me parfuma d'essences exquises, et, lorsque je ne me ressentis plus de la lassitude de tant de peines et de maux que j'avais soufferts, et que je voulus sortir du bain, on me couvrit d'une belle tunique et d'un manteau magnifique. » Ailleurs on trouve que Télémaque, en arrivant à la cour de Nestor, fut conduit au bain et lavé par les propres mains de Polycarte, fille du roi de Pylos. Mille autres particularités de l'histoire des Grecs attestent qu'ils faisaient le plus grand cas du bain. Ils honoraient les sources d'eau chaude comme un second Apollon sur la terre ; ils les appelaient *Pacerrimæ* : elles étaient dédiées à Hercule, dieu de la force (Aristophane, *Com. des Nuées*).

Les palais somptueux que les Romains élevèrent pour servir de bains publics, dont les restes feront encore l'admiration des siècles à venir, attestent le luxe et la magnificence de ces vainqueurs de la terre. Au rapport de Vitruve, ces bains publics étaient de vastes édifices ordinairement exposés au midi, avec une belle façade, ayant à droite et à gauche quatre ou six pièces à peu près semblables, et communiquant ensemble. Au milieu se trouvait un réservoir nommé *aquarium*, destiné à fournir de l'eau à tous les bains établis autour de cette pièce. Non loin de là étaient des bassins d'airain contenant l'eau chaude, tiède et froide ; ils communiquaient avec l'aquarium et les salles de bains : cette salle était le *vasarium*. Les bains chauds étaient de trois sortes : d'eau chaude, de vapeurs chaudes, et d'étuves sèches ou *laconicum*. Ces salles, ainsi que le *vasarium*, régnaient au-dessus d'un vaste four nommé *hypocaustum*. De nombreux tuyaux de chaleur communiquaient de l'*hypocaustum* dans ces salles de bains. Dans le *tépidarium* ou étuve humide, un grand nombre de vases remplis d'eau étaient en continuelle évaporation. Dans le bain d'eau chaude était une baignoire où plusieurs personnes pouvaient se baigner à la fois, et même s'exercer à la natation. En sortant du bain chaud, on se rendait dans une salle nommée *frigidarium*, où l'on respirait un air frais après avoir été essuyé; on y trouvait aussi la *piscine*, destinée aux bains froids dont on fait usage dans ce moment. Au sortir de là, après le bain, on se faisait frotter, râcler la peau, essuyer, oindre d'huiles, simples dans les premiers temps, mais bientôt parfumées par une multitude d'odeurs ambrosiaques. Des esclaves étaient chargés de cette opération.

L'origine des bains romains paraît être incertaine; Dion, dans la vie d'Auguste, rapporte que Mécène fit bâtir le premier bain public; qu'Agrippa en fit bâtir un très-grand nombre; et qu'à son exemple Néron, Vespasien, Domitien, Sévère et presque tous les empereurs qui cherchaient à se rendre agréables au peuple firent construire des étuves.

Après avoir donné sur les bains des anciens ces notions, nous allons passer en revue les bains les plus remarquables chez les peuples modernes.

*
* *

Les Turcs sont obligés par leur religion à de fréquentes ablutions, à des lavages répétés plusieurs fois par jour; mais ce n'est pas là ce qu'il faut entendre par leurs bains. Le bain des Turcs est le *laconicum* des anciens, ou l'étuve sèche. Les édifices qui y servent sont construits en pierres de taille, et composés de plusieurs pièces, pavées de marbre et chauffées au moyen de tuyaux qui parcourent leurs parois et portent la chaleur partout.

Après s'être déshabillé dans une chambre particulière, on s'enveloppe d'une serviette de coton ; on prend à ses pieds des sandales de bois destinées à les garantir de la chaleur du pavé, et l'on entre dans la salle du bain ; on ne tarde point à y transpirer ; on y est lavé, essuyé, peigné et longtemps frotté avec un instrument un peu rugueux qui débarrasse la peau des débris de l'épiderme, puis on passe sur tout le corps du savon ou d'autres cosmétiques. Ce bain dure une demi-heure en hiver, un quart d'heure en été. Après le bain, on se repose sur un lit, où l'on prend du café ou des rafraîchissements. Les femmes turques se baignent de cette manière à peu près tous les jours, les hommes un peu moins souvent.

On trouve aussi dans les bains des Turcs des baignoires pour les bains d'eau chaude. Les Turcs s'en servent quelquefois ; ils sont, en particulier, obligés par leur religion de se baigner après l'acte conjugal. Il n'est point de village avec une mosquée qui n'ait un bain public. Les particuliers riches ont des bains magnifiques, décorés avec tout ce qu'a pu inventer le luxe du peuple de l'Orient.

*
* *

Les bains des Indiens diffèrent de ceux-là par une pratique remarquable décrite d'après Anquetil :

« Un des serviteurs du bain vous étend sur une planche et vous arrose d'eau chaude, ensuite, il vous presse tout le corps avec un art admirable; il fait craquer les jointures de tous les doigts et même celles de tous les membres; il vous retourne et vous étend sur le ventre, et s'agenouille sur vos reins, vous saisit par les épaules, fait craquer l'épine du dos en agitant toutes les vertèbres, donne de grands coups sur les parties les plus charnues et les plus musculeuses, puis il revêt un gant de crin, et il vous frotte tout le corps au point de se mettre lui-même en transpiration; il lime avec une pierre-ponce la chair épaisse et dure des pieds, il vous oint de savon et d'odeurs, enfin, il vous rase et vous épile; ce manége dure bien trois quarts d'heure. Après cela, on ne se reconnaît plus; il semble qu'on soit un homme nouveau, on sent dans tout le corps une sorte de désir et de quiétude, et de désir de se reproduire par l'irritation et l'harmonie que les frottements et les tiraillements ont établis dans toutes les parties; la peau est quelque temps couverte

d'une moiteur légère qui lui donne une douce fraîcheur :
on se sent vivre. On passe ensuite deux heures sur un
canapé, et on s'endort soit faiblesse, soit excès de chaleur, après avoir fumé un demi-moka. C'est un plaisir
que ne ressentiront jamais les corps resserrés par les
froids du Nord, ou livrés à l'activité inquiète des cli-
mats tempérés.

« Les femmes indiennes prennent le bain de la même
manière et prolongent cette cérémonie qui porte le nom
de massage, une grande partie de la journée ; des femmes
esclaves accroupies autour d'elles pendant qu'elles sont
mollement étendues sur un canapé leur rendent ce ser-
vice dont la volupté semble faire son profit encore plus
que la santé. »

*
* *

. La description que Savary a donnée sur les bains
égyptiens, dans ses lettres sur l'Égypte, mérite d'être
rappelée ici :

« Une rotonde élégament décorée est la salle d'entrée.
La personne qui vient prendre le bain s'y déshabille
sur un tapis, se ceint d'une serviette, et chausse des sandales de bois, puis elle enfile un corridor étroit où la
chaleur commence à se faire sentir ; la chaleur augmente

dans un second corridor séparé du premier par une porte et le croisant à angle droit; on arrive enfin à une grande salle de marbre où s'arrêtent ceux qui ne veulent pas se livrer trop promptement à une forte chaleur. La vapeur sans cesse renaissante d'une fontaine et d'un bassin plein d'eau chaude s'y mêle aux parfums que les hommes voluptueux y font brûler.

« On prend ce bain de vapeur étendu sur un drap et la tête étendue sur un petit coussin. Bientôt un esclave vient vous masser doucement, puis vous frotter avec un gant d'étoffe, ensuite vous êtes conduit dans un cabinet où l'on vous verse sur la tête une eau de savon parfumée. Ce cabinet a deux fontaines, l'une d'eau chaude, l'autre d'eau froide; on s'y lave soi-même; pendant ce temps, l'esclave est allé chercher une pommade épilatoire qui, dans un instant et sans aucune douleur, fait tomber le duvet, et, à l'aide de ce simple moyen, rend l'absorption cutanée on ne peut plus facile. Rentré dans la salle du bain pour en ressortir aussitôt, on s'arrête ensuite dans celle qui précède l'étuve aussi longtemps qu'on le juge à propos pour s'accoutumer peu à peu à l'air extérieur; on revient par des détours assez longs, la chaleur décroissant par degrés à mesure qu'on les parcourt, et l'on arrive enfin à la salle où l'on a laissé ses vêtements; on y retrouve un lit préparé, on y est massé et essuyé de nouveau, les parties dures de la plante du pied y sont râpées par une main légère, et la pipe et le café-moka viennent terminer toutes ces cérémonies; on éprouve alors ce sentiment de bien-être, cette quiétude dont nous parlions tout à l'heure. Comme les femmes indiennes, les Égyptiennes aiment ces bains passionnément. »

*
* *

Dans un temps où la Russie a eu en France le privilége des choses à la mode, les bains russes y ont été vantés et mis au-dessus des grecs et des romains; toutefois, un bain russe consiste dans une seule et unique salle, construite en bois, dans laquelle on voit un large fourneau de fonte adossé au mur et chargé de cailloux de rivière rougis et presque embrasés par le feu du fourneau; autour de la salle sont de larges banquettes; lorsqu'on y entre, on éprouve une chaleur si violente, on respire un air si brûlant, que ceux qui n'y sont point accoutumés ne peuvent y rester quelques minutes sans se trouver mal. Pour ceux auxquels l'habitude a donné la faculté de demeurer quelque temps dans cette atmosphère, ils peuvent s'y déshabiller et se coucher sur une de ces banquettes, ou plutôt sur un matelas rempli de foin ou de paille qui la recouvre. Alors on verse de l'eau froide sur les cailloux rougis qui garnissent le fourneau, et cette étuve sèche devient une étuve humide, une vapeur épaisse, ardente, environne la personne qui se soumet à un tel bain ; elle ne tarde pas à éprouver une sueur considérable.

Pour entretenir ces vapeurs, on verse de l'eau de cinq minutes en cinq minutes sur les cailloux chauffés dans cette étuve humide ; le thermomètre monte, en général, de 43° à 45° Réaumur, de 50°,00 à 56°,25 au thermomètre centigrade. Sur la fin du bain, on se fait fouetter avec des verges de bouleau amollies dans l'eau, ce qui augmente la rougeur de la peau ; on se fait frotter avec du savon, ce qui diminue la sueur ; ensuite on est lavé à l'eau tiède, et puis à l'eau froide, dont on reçoit plusieurs seaux sur la tête. Au défaut d'eau froide, dans les lieux mêmes du bain, on va se plonger dans quelque ruisseau ou étang, ou enfin dans la neige.

Les bains de la Finlande sont des étuves sèches et humides chauffées plus fortement encore que les étuves des Russes.

*
* *

On entend par bain, sous le rapport hygiénique, l'immersion du corps ou d'une partie du corps dans l'eau liquide ou en vapeur pendant un temps plus ou moins long.

Les bains agissent sur le système circulatoire, et particulièrement sur celui de la peau, sur le système lymphatique, sur les fonctions d'exhalation et d'absorption. Les bains ne portent pas moins leurs effets sur le système nerveux en général, sur le toucher en particulier, sur la calorification de la peau, sur les propriétés physiques de cette enveloppe ; enfin , il est peu de fonctions de la vie sur lesquelles les bains n'agissent plus ou moins.

*
* *

L'effet *du bain d'eau* agit en nettoyant la surface du corps ; il enlève les concrétions que la poussière et la transpiration accumulent sur la peau. Cette poussière, accumulée de la sorte, bouche les extrémités des vaisseaux exhalants et gêne leurs fonctions ; elle détermine une irritation telle, que des boutons en sont souvent le résultat. L'eau assouplit la peau et les autres tissus, elle rend les mouvements faciles. Ce bain est essentiellement hygiénique.

La propreté, véritable vertu domestique, est une des plus indispensables conditions pour l'entretien de cet état ; sans propreté, les maladies de tout genre assiégent l'espèce humaine. On ne saurait trop louer les peuples habitués à l'usage des bains. Le bain repose les membres fatigués, il convient après les exercices violents de corps et d'esprit ; il modère la circulation, tempère l'ardeur des sens et l'activité du cerveau.

*
* *

Les bains de mer produisent à peu près les mêmes effets que le bain d'eau ordinaire; cependant, les sels que l'eau de mer contient si abondamment en dissolution, tels que le muriate de soude et le muriate de chaux rendent sa densité plus grande, et, par conséquent, sa pression sur le corps plus forte; la respiration est sensiblement plus difficile. Les mouvements des flots, la percussion qu'ils exercent à la surface du corps, et surtout les mouvements que le baigneur exécute, entrent pour beaucoup dans l'action de ces bains. Les effets des bains de mer sont de raffermir les tissus et surtout la peau, de donner du ton à toute l'économie, en un mot, d'augmenter l'énergie de tous les organes et de toutes les fonctions.

Nous ne parlerons point des bains locaux ou partiels, ils sont rarement employés dans une intention purement hygiénique, ce qui serait ne pas nous renfermer dans le cadre que nous nous sommes tracé.

*
* *

Les bains de vapeur, ou étuves sèches et humides, étaient fort en usage chez les anciens, et plusieurs peuples modernes s'y soumettent encore. On l'emploie en France, en Allemagne, en Angleterre, à Naples, chez les Arabes des côtes d'Afrique, en Égypte, dans l'Inde orientale et dans le nord de l'Europe, également comme moyen hygiénique. Deux causes bien différentes et même opposées rendent fort utiles les bains de vapeur dans les régions septentrionales et dans les régions voisines des tropiques. Dans les premières, le froid resserre les tissus extérieurs et empêche la peau de remplir ses fonctions; l'étuve humide la dilate, et détruit l'effet du froid. Dans le Midi, la chaleur sèche irrite la surface du corps, et détermine une foule d'éruptions; l'étuve et le bain neutralisent ces résultats fâcheux; il n'est donc pas surprenant que ces peuples fassent usage de ces bains; il l'est tout aussi peu qu'on les ait abandonnés dans les régions tempérées où ces inconvénients ne se font pas sentir.

L'étuve est sèche ou humide : dans le premier cas, est une chambre extrêmement close, où la température est élevée au-dessus de la chaleur humaine. Dans le second, on y fait vaporiser une grande quantité d'eau par différents procédés. Il existe aussi des espèces de cuves où le corps est plongé et où la tête n'est point exposée à la vapeur; cette vapeur peut être pure comme l'eau distillée, ou contenir diverses matières volatiles, parfums ou autres.

L'usage fréquent que l'on doit faire des bains. — Leur durée et les heures auxquelles il convient de les prendre. — Ce qu'il faut faire avant, pendant et après le bain. — Effets particuliers des bains par rapport au sexe. — Effets particuliers des bains par rapport aux âges, et règles à suivre à ce sujet. — La chimie appliquée aux bains. — Des pratiques accessoires aux bains.

Quoique personne ne conteste l'utilité des bains, il est, malgré cela, très-essentiel d'en limiter le nombre, afin d'en éviter l'abus, qui pourrait devenir pernicieux pour la santé; car l'usage qu'on en fait, et surtout les pratiques de luxe et de mollesse qu'on y ajoute, influent aussi d'une manière notable sur le moral de l'homme, et je ne sache pas que personne voulût nier ces résultats, lorsque Montesquieu en fait la principale cause de la décadence des Romains. En ordonnant un bain frais par semaine, les hygiénistes n'ont pas voulu dire qu'il serait dangereux d'en augmenter le nombre, sans que la santé paraisse en être altérée; ainsi l'homme fort et robuste peut, sans inconvénient, en porter le nombre jusqu'à huit par mois, en observant seulement les préceptes

nécessaires à l'usage des bains en général. J'ajouterai
même qu'il est de la plus grande utilité de faire, tous les
matins, des lotions ou des frictions d'eau fraîche sur différentes parties du corps; que, cependant, l'usage des
bains doit être moins fréquent pour les hommes faibles,
les vieillards, les enfants; et surtout les femmes jouis-
sant de beaucoup d'embonpoint, ayant une fibre molle,
en useront rarement, mais elles auront soin d'y substi-
tuer l'emploi fréquent des lotions et des frictions de tout
le corps, faites avec l'eau fraîche.

*
* *

Le bain frais durera depuis dix minutes jusqu'à une
heure, et même davantage, s'il se rapproche de beaucoup de 20° (Réaumur), et que l'individu soit fort et robuste, ou qu'il s'exerce à la natation, ou bien encore à
de fréquents mouvements pendant tous le temps de
l'immersion; mais le bain tiède peut, sans inconvénient,
être prolongé une heure et demie, et même davantage.
Cependant la durée ordinaire est depuis une demi-heure
jusqu'à une heure, à une heure et un quart.

Les heures auxquelles il convient de les prendre sont
aussi variables que les habitudes des personnes soumises
à leur action sont variées; il est pourtant des préceptes

qu'on doit faire observer, et qu'on ne saurait omettre sans s'écarter des lois de l'hygiène, ce qui pourrait occasionner des accidents fâcheux.

Aussi, on fera avantageusement usage du bain avant le repas du matin, avant celui du soir, et généralement quand on sentira l'estomac vide et que la digestion sera terminée; il est, en outre, plus convenable de prendre des bains pendant le jour, et lorsque le soleil est encore sur notre horizon que pendant la nuit.

*
* *

Avant de prendre un bain, il est avantageux : 1° de de faire de l'exercice, sans le porter jusqu'à la fatigue ni jusqu'à la transpiration; car alors il serait essentiel de se reposer avant d'y entrer; 2° de s'assurer de la température du bain.

1° Pendant le bain, il faut entr'ouvrir la croisée de la chambre, si cette dernière est peu spacieuse, et que la saison le permette, mais il faut avoir soin d'éviter le courant d'air ; 2° en sortir aussitôt qu'on s'aperçoit qu'il incommode.

Après le bain, il faut avoir soin : 1° de s'essuyer tout le corps avec des linges secs et chauds; 2° de faire un exercice modéré immédiatement après la sortie du bain (quelques personnes ont l'habitude de se coucher après le bain ; je pense, avec Buchan, que tant que la réaction est facile, il est inutile de se mettre au lit, et qu'un exercice modéré est préférable) ; 3° d'éviter, le reste de la journée, le froid du corps, et de la poitrine principalement ; 4° d'attendre une demi-heure au moins avant que de manger.

*
* *

Dans la différence des fonctions génératrices que l'homme et la femme sont appelés à remplir par la nature, il existe trop de différence dans leurs constitutions organiques, pour que les divers agents de l'hygiène exercent sur l'un et l'autre une influence identique. L'extrême sensibilité des femmes est cause qu'elles sont bien plus susceptibles d'impression que les hommes ; il faut donc des excitants moins énergiques pour agir sur elles. Sous l'influence des bains les chairs se trouvent raffermies, ainsi que tous les organes et toutes les fonctions actives ; ce qui convient parfaitement à l'espèce de constitution particulière aux femmes.

*
* *

Ici s'élève une grande question. Le bain froid convient-il aux enfants? On sait avec quelle éloquence J.-J. Rousseau a préconisé ce moyen ; nous laisserons-nous imposer par l'autorité de ce grand homme ? Si nous réfléchissons à l'organisation de l'enfant, nous reconnaissons qu'une extrême sensibilité, une mollesse extrême, une perméabilité très-grande de tous les tissus, une tendance singulière à l'expansion extérieure en sont les caractères dominants ; si nous ajoutons à cela la faiblesse si grande à cet âge et l'habitude de vivre dans une température très-élevée, il nous sera facile d'en déduire les nombreux accidents qui peuvent suivre cette pratique inconsidérée. En effet, la faiblesse de l'enfant fera craindre avec juste raison que la réaction ne puisse s'établir, et l'habitude de vivre dans un milieu très-chaud ne devra-t-elle pas rendre l'impression du froid plus sensible et favoriser ainsi des effets funestes. Mais, nous dira t-on, des nations entières plongent dans une eau glaciale les enfants nouveau-nés, et ces peuples sont sains et robustes. Certes, ceux qui résistent à ces rudes épreuves doivent être fortement constitués ; mais, pour quelques-uns qui y résistent, combien d'autres ne sont-ils pas la victime de cette coutume? Les êtres faibles succombent; et ne sait-on pas qu'un enfant faible peut devenir un homme robuste? et pense-t-on, d'ailleurs, qu'un individu d'un corps débile ne peut être d'aucun secours à sa patrie?

Pour que le bain froid soit utile, il faut que la réaction puisse s'opérer; il faut donc attendre que les forces soient assez grandes pour cela, ou prendre les précautions les plus scrupuleuses pour les favoriser. Si le bain froid paraissait indiqué pour raffermir les chairs de l'enfant, lui donner une constitution plus robuste, il faudrait commencer par lui donner des bains tempérés, lui faire des lotions avec de l'eau fraîche, le plonger graduellement dans cette eau, ne l'y laisser que peu de temps d'abord, en augmenter peu à peu la durée, et en baisser par degrés la température; par ces précautions, on peut parvenir à habituer les enfants à l'immersion d'eau froide sans avoir à redouter de graves inconvénients.

Les bains tempérés, au contraire, sont généralement utiles aux enfants, en favorisant les fonctions de la peau, qui, à cet âge, est le siège d'un travail actif. A mesure que l'enfant grandit et se développe, qu'il acquiert plus de force et d'énergie, le bain froid perd ses inconvénients et gagne de nombreux avantages; c'est surtout dans l'adolescence et la virilité qu'il jouit de toutes les propriétés salutaires que nous lui avons attribué. Il est néanmoins des individus tellement faibles, que dans ces époques mème, il pourrait être malfaisant pour eux ; telle est l'organisation du vieillard qui ressemble sous beaucoup de rapports à celle de l'enfant.

*
* *

Une des sciences modernes qui ont le plus servi au développement de l'industrie et au progrès de la science est sans contredit la chimie, bien qu'on ait exagéré parfois son importance.

Dans la question spéciale qui nous occupe, la chimie a incontestablement joué un rôle on ne peut plus important. En effet, combien de maladies de peau ont été prévenues ou guéries par l'emploi de bains composés d'une ou de plusieurs substances chimiques. Aussi beaucoup de personnes en France ont-elles contracté l'habitude de ne jamais prendre de bains sans avoir fait faire préalablement un mélange soit avec un sel de soude, ou de soufre, ou de tout autre agent chimique, dans le but d'adoucir ou de fortifier la peau.

C'est dans la même série d'idées que d'autres personnes vont chaque année prendre certaines eaux minérales qui ont sur elles une efficacité réelle.

J'ai songé dès lors s'il ne pouvait point y avoir quelque avantage, non-seulement au point de vue de la médecine mais encore au point de vue de l'hygiène, d'employer pour les bains certaines compositions odo- rantes avec addition d'une huile aromatique essentielle. Nous imiterions ainsi les Orientaux qui parfument leurs bains, et, par l'emploi de l'huile et des corps gras, nous remettrions en vigueur les habitudes romaines, qui rendaient ce peuple si robuste et si dur à la fatigue.

*
* *

Les *lotions* fortifient le tissu cutané; elles le relâchent; les parties habituellement découvertes et exposées au contact des corps étrangers, comme la figure, doivent être lavées fréquemment ainsi que celles où se fait une transpiration abondante.

Les *frictions* ont une action salutaire, non-seulement sur la peau, mais plus particulièrement sur les muscles que cette membrane recouvre; aussi les athlètes se préparaient-ils autrefois à la lutte par des frictions exercées avec soin sur toutes les parties du corps. Il est de fait, qu'après avoir été frictionné, on se sent plus alerte et plus dispos. Les individus d'une constitution molle et lymphatique, ceux qui mènent une vie sédentaire, les vieillards, les goutteux, les rhumatisants, les en-

fants rachitiques ou scrofuleux, se trouvent très-bien des
frictions répétées tous les jours; mais les individus san-
guins doivent s'en abstenir. Les frictions peuvent aussi
être considérées comme un moyen de propreté, en cela
qu'elles concourent au nettoiement de la peau.

Les frictions consistent à frotter plus ou moins vive-
ment pendant environ un quart d'heure et plus soit le
corps entier, soit quelques-unes de ses parties avec la
main nue ou avec une étoffe de flanelle sèche ou impré-
gnée d'une liqueur alcoolique. Les Anglais et les Hol-
landais se servent habituellement, pour se frictionner, de
brosses faites d'un crin doux, et cette pratique ne saurait
être trop recommandée dans les contrées humides.

Le *massage* se compose d'une suite de petites opérations qui ont toutes le même but, et qui cependant
présentent des différences sensibles entre elles.

Ces opérations sont : 1° les frictions dont nous avons
déjà parlé et sur lesquelles nous ne reviendrons pas;
2° l'application de petits coups sur les parties charnues
du corps, genre de percussion qui ne diffère de la fla-
gellation qu'en cela qu'il est moins énergique et moins
grossier; 3° les pressions avec les mains de ces mêmes
parties, opération qui n'est qu'un diminutif de la percussion ; 4° la distension, le craquement de toutes les
jointures.

Je ne connais rien de plus propre à entretenir la
souplesse des articulations que cette dernière pratique
qui diffère essentiellement des précédentes et qui carac-
térise le massage. Ainsi donc, actions toniques, stimu-

lation des mouvements organiques et des sens par les frictions et les pressions, assouplissement des jointures par leur distension mesurée, tels sont les résultats définitifs du massage et les causes de cette agilité, de ce bien-être, de cette force qui le rendent si cher à certaines nations.

Paris. — Imprimerie Divry et Cⁱᵉ, rue N.-D. des Champs, 49.

PARIS. — IMPRIMERIE DIVRY ET Cⁱᵉ,

RUE N.-D. DES CHAMPS, 19